KB096682

세상을 만나는 나

글·그림 고영희 Sapiens

Sapiens

https://brunch.co.kr/@a01067896095

10여년 동안 강사활동을 했으며, 두 자녀의 일기쓰기로 부모와 자녀가 서로 성장하는 시간을 보냈습니다. 아이들이 대학에 들어가면서 저는 자녀로부터 독립하였으며, 2년 전부터 글쓰기, 독서토론, 독립출판, 전자책등을 출간하며 오롯한 자신의 삶을 엮어가고 있는 평범한 50대 주부입니다.

http://m.blog.naver.com/yhee0724

https://instagram.com/yhee4270

세상을 만나는 나

발행 2021년 06월 29일
저자 고영희
펴낸이 한건희
펴낸곳 주식회사 부크크
출판사등록 2014.07.15.(제2014-16호)
주소 서울 금천구 가산디지털1로 119 SK트윈테크타워 A동 305
전화 1670 – 8316
E-mail info@bookk.co.kr
ISBN 979-11-372-4901-1

www.bookk.co.kr

ⓒ 세상을 만나는 나, 2021
본 책은 저작자의 지적 재산으로서 무단 전재와 복제를 금합니다.

세상을 만나는 나

글·그림 고영희 Sapiens

차례

<세상을 만나는 나>는 일상 속 우리가 스쳐지나칠 수 있는 내 안의 사소한 감정들을 만나며, 그 속에 담긴 희,노,애,락,애,오,욕인 '칠정'이라는 다양한 감정들의 의미들을 소재로 담아내었습니다.

그러한 감정 속에 존재하는 것들은 문득 발생하는 것이 아니라, 수많은 부딪힘 속에서 소중한 인연으로 연결되어있다는 메시지를 전해줍니다.

세상의 모든 별은 스스로 빛을 발산할 수 있는 아름다운 존재이듯이, 이 우주 속 지구에 존재하는 우리도 아름다운 별무리 속의 소중한 존재임을 이야기 하고 싶었습니다.

너무도 빠르게 변화되고 흘러가는 시대 속에서 '쉼의 시간이 부족한 현대인들을 위한 사색의 시간'이 되는 선물이 되길 바래봅니다.

From. Sapiens 고 영 희

청춘
-화양연화

#PENUP을 사용해 라이브 드로잉 따라 그려 보기 & 창작 더하기

청춘

sapiens

누구에게나
눈부신 시간 속 절정의 순간을 맞이하고는
서서히 사그라지며 소멸해간다
세상에는 영원한 존재함이 없듯
어느 순간 우리도 화양연화를 보내고
기억 속 축적되어 남은 삶을 이끌어준다
알.
아.
요.
그렇게
원래의 집으로 돌아가는 순간까지
설렘과 두려움 속에서
성장하고 있다는 것을
.
.
.

그대의 향기
-그대를 만나는 순간

#PENUP을 사용해 라이브 드로잉 따라 배우기 & 창작 더하기

그대의 향기

sapiens

그대의 향기가
봄바람을 타고
긴 밤을 지나오셨습니다
지난밤엔
그리도 심한
회오리바람이 몰아치더니
어찌,
꽃잎 하나 떨어지지 않고
고이 간직하고 오셨습니까?
두 손에 담긴
보랏빛 꽃향기가
그대의 마음을 전해주십니다
눈을 감고 그대를 만나는 순간,
그대는
천지사방으로 피어납니다
세상은
그대의 향기로
서서히
물들어갑니다.

이별

-새로운 시작

#색연필을 사용해 표현하기

이 별

sapiens

떨어지는

꽃잎만 슬픈 게 아니야

달려있는

너도 아플 테니까

이.

별.

향기를 내뿜으며

작별하려무나

그것은

새로운 시작이니까

.

.

.

자화상
-그의 세상을 만나는 나

#PENUP을 사용해 라이브 드로잉을 따라 그리기

자화상

sapiens

그녀는
오늘도 자신만의 아지트를 찾아
누군가를 만납니다
갈색 옷을 입고 마주하고 있는 사람은
처음 보는 사람입니다
스치는 사람들 틈에서
만난
한.
세.
상.
을 들여다봅니다.
작디작은 체구에서
엄청난 에너지를 품어냅니다
들려주는 이야기 속에는
생각주머니가 가득 차 있습니다
그녀는
순식간에
그의 세상 속으로 빨려 들어가
그와 하나가 됩니다

그곳에서
아픔과 사랑, 이별과 이해라는
감정들을 배웁니다
그의 세상에 닫는 순간,
진정한 친구가 됩니다
그녀는
그 사람을 통해
삶
을
이해합니다.

운명

-연기처럼 사라지다

#PENUP을 사용해 라이브 드로잉 따라 배우기

운명

sapiens

생명이
깃들기 시작하면
소멸이 이루어진다
육체를 태워야
주어진
삶의 시간을
살아갈 수 있는 너는,
살아있는 동안
타오르는 고통을 참으며
흘리는 눈물은
연기처럼 사라진다
그 눈물이
무거워 온 몸을 적실 때,
빛은 더욱 강렬해진다
가느다란
심장의 끈을 붙들고
간신히 서 있을수록,
심장의 끈은
심지가 되어

활활 타오르며
강열한 생명력을 갖는다
누군가를 위해
빛이 되어 줄 때,
생명을 얻어
꽃 피우다
사라지는
너.
의.
운.
명.
이.
여.

탄생

-육체와 정신이 하나로 완성될 때

#PENUP을 사용해 라이브 드로잉 따라 그리기 & 창작 더하기

탄생

sapiens

얼어붙은 대지가 녹아 온통 꽃향기로 가득한데
너의 세상에는 눈꽃이 가득한 설국인가 보다
시간을 거슬러 존재하는 것인지,
시류에 따라가지 못하는 것인지,
육체와 정신이 서로 다른 세상에 존재하는구나!
차디찬 대지의 혼을 빨아 들어 따스한 온기로 피어날 때
탄생하는 너는,
비로소 육체와 정신이 하나로 완성되는구나!
거.
룩.
한.
탄.
생.
이.
여.

너란 존재
-세상을 여행하는 너

#PENUP을 사용해 라이브 드로잉 따라 배우기 & 창작 더하기

너란 존재

sapiens

신비로움을 지닌 채 매일 우리를 내려다보는 너
바다와 대륙을 오가며 세상을 여행하는 너
유난히 노랗게 보이는 날
우리의 마음을 녹여주는 너의 따스함
매일매일 다른 모습으로 태어나
우리에게 추억을 만들어 주는 너
매일 밤 너의 그림자로 세상을 바라보는 우리
너의 그림자 속에서 바라보는 세상은
별들이 반짝이는 아름다운 곳.

만찬의 시간
-여행 이야기

#PENUP을 사용해 라이브 드로잉 따라 표현하기 & 창착더하기

만찬의 시간

sapiens

한 몸속에
다섯의 배아로 품어있다가
일정한 시간이 지나고 나면
세상 밖,
각자의 여행길을 떠나간다
맛있는 빵 속으로,
까만 짜장면 위로,
동그란 송편 속으로,
따뜻한 밥 속으로,
부드러운 수프 속으로…
각자 흩어졌던 우리는
태어난 곳으로 다시 돌아온다
생의 마지막 여행을 축하라도 하듯,
우리는 그동안의 회포를 풀며
자신만의 이야기들을 풀어놓는다
기쁜 일,
슬픈 일,
이별의 아픔,
즐거웠던 일…

서로의 이야기는

자신들의 이야기로 승화되어

함께 노래하며 춤을 춘다

그렇게 만찬의 시간은

깊어가며

어둠을 맞이한다

동반자

-그녀의 길

#PENUP을 사용해 디지털 드로잉 따라 배우기 & 창작 더하기

동반자

sapiens

그녀의 시선에는 슬픔이 담겨있다
매일 슬픔을 먹기 때문이다
그녀가 먹는 슬픔은
다시 짙은 슬픔으로 되새김질한다
그러한 담금질은
그녀만의 색을 창조하는 에너지가 되어준다
그녀의 자유로운 영혼의 아름다움은 그렇게 탄생되고 있다
매 순간 그녀는 감사하며 슬픔과 함께 한다
슬픔은 그녀에게,
그녀는 슬픔에게,
서로의 동반자가 되어 그녀의 길이 되어 준다.

사랑
-그대를 향한 흐느낌

#4B연필과 색연필로 스케치하기

사랑

sapiens

그리움이 넘쳐나
더 이상 삼키지 못해
품어내는 그대의 흔적들
매 순간 보이지 않는
서로의 끈을 꼭 부여잡고
그대를 향해 쏟아내는
추억의 그림자
그림자 속 영혼의
주체할 수 없는 흐느낌은
임계치를 넘어선
그대 향한
사.
랑.
이.
어.
라.

그녀의 향기
-그녀와의 만남

#색연필을 사용해 표현하기

향기

sapiens

만남은
우연을 가장한 필연일까?
여름날 갑자기 소나기를 만나 듯
가을날 무심코 스치는 바람결처럼
래빗이라는 공간 속에서
마주한 그녀
낯선 공간,
낯선 사람들 속에서
페퍼민트의 박하향 속에
머문 우리
그녀의 향기가
고스란히 담겨있었네.

환생
-누군가의 시선 속에서

#오일파스텔을 사용해 그려보기

환생

sapiens

혈관 속 혈액이 사라지고
육체의 색까지 변해버린 순간
앙상한 가지로 가지런히 묶여있다
메말라
사그라지는 몸속에서
바스락거리는 가을 소리가 난다
나는
누군가의 시선 속에서
다.
시.
숨.
을.
쉰.
다.

별

-연결되어 존재하다

#PENUP을 사용해 라이브 드로잉을 따라 그리기

별

sapiens

우리는
세상에 하나밖에 없는 별
어둠이 찾아올 때마다 뚜렷해지는 우리
어둠이 사라지면 우리도 사라진다
홀로 존재할 수 없는 우리는
매일 캄캄한 밤을 기다린다
암흑은
두려움의 상태가 아니라
새로운 탄생을 위한
모든 에너지의 응축된 시간이다
그렇게 매일 새로운 별로 태어난다
구름 친구도
자신만의 색을 맘껏 뿜어내며
별들의 탄생을 축복해준다
홀로 존재할 수 있는 건
아무것도 없다
그렇게
우리는 연결되어
존재하고 있다.

창
-새로운 시야

#사진 속 들려주는 이야기를 글로 표현하기

창

sapiens

너를 바라본다

너.

는.

나를 바라볼 수 있을까?

너의 세상이

네모난 공간 안에 가득 채워져

항상 같은 옷을 입고 내 시야 속으로 들어오는

너.

때론, 감옥 안에 갇혀있는 듯 보이지만

너.

는.

자유로운 우주 속에 머물며 춤을 추고 있지

고정되어 있는 창틀은

너에겐 아무런 문제가 되지 않아

바라보는 나만이

너를 네모난 공간 속에 담아놓지

그러한들

너.

는.

아무런 저항 없이 너만의 길을 간다
작은 창으로 바라보는 너
커다란 창으로 바라보는 너
서로 다른 창을 더하며 바라보는 너의 자태는
어떠한 걸림도 없는 세상 속에 존재하지
바라보는 나를 비웃기라도 하듯
너.
는.
나를 향해 속삭인다
창틀 속 세상의 옷을 벗어버린 채
새로운 시야 속으로 들어와 맘껏 유영하라고…

함께 한다는 것
-조용히 곁을 지키는 것

#PENUP을 사용해 라이브 드로잉을 따라 그리기

함께 한다는 것

sapiens

무심코 바라본 하늘에는
달과 별, 그리고 어둠이 찾아오고 있었다
달을 감싸고 있는 달무리는
무척이나 묘한 분위기를 자아낸다
마치 달을 위로하는 듯한
따스한 품속이랄까…
그리고 또 하나의 존재,
조용히 곁을 지키고 있는 별!
보디가드 마냥
든든하게 지키고 있다
초저녁 집 밖으로 나와
하늘에서 만나는 또 다른 세상
그 속에서
그들의 이야기를 들으며
미소 짓는다
살다 보면
혼자인 듯 하지만
누군가가
묵묵히 함께 하고 있다는 것을

그들도
그렇게 존재하고 있다는 것을
산책 나온 이에게
속삭여준다.

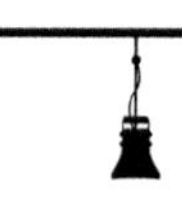

그리움의 안식처

-추억의 흔적

#PENUP을 사용해 디지털 드로잉 따라 그리기

그리움의 안식처

sapiens

인적이 드문 언덕 위
누군가의 그림자가 있다
세 개의 창문 안에는
지워져 가는 추억의 흔적들이 살고 있다
주변의 크고 작은 나무들도
흘러간 시간만큼 늙어가고 있다
푸르른 하늘과 흘러가는 구름만이
대지의 푸르름에 위로받으며
노쇠하는 안식처를 바라본다
오늘도
그리움의 시간 속에서 머물다 흘러간다.

그대
-당신은 아시나요?

#PENUP을 사용해 라이브 드로잉을 따라 배우며 창작을 더하기

그대

sapiens

당신이 있어

얼마나

난,

행복한 존재인지…

당신은

아시나요?

지금 모습 그대로,

존재하는 그대로…

당신은

나의 친구이고,

나의 솔 메이트이며,

앞으로 함께

항해하며 나아갈

나.

의.

동지라는 걸…

당신은

아시나요?

오늘도

당신이 있어

나.

는.

참, 행복합니다.

잉태
-위대한 영혼

#PENUP을 사용해 생각을 그림으로 표현하기

잉태

sapiens

이 세상
가장 아름다운
모습을 지닌
여.
인.
꿈틀거리는
생명체의 속삭임을
가는 줄 하나로
소통한다.
두 생명을
한 몸에 품고
열 달 동안
동고동락하며
사.
는.
세.
월.
한 생명은
또 다른 생명에게

모든 에너지를

쏟아 넣는다.

신들린 섭식도

불어나는 무게도

거침없이 이겨내는

여.

인.

이.

여.

그대는

위대한 영혼이어라…

너의 존재

-안경

#색연필을 사용해 그림 속 이야기 표현하기

너의 존재

sapiens

네가 없는 세상은
얼룩진 세계
너로 인해 투명한 세상을
바라본다
네가 보여주는 세상으로
나의 세상을 볼 수 있다
네가
내가 되어 숨을 쉴 때
나는
너를 통해 세상 밖으로
걸.
어.
간.
다.

무상(無常)
-직면하다

#PENUP을 사용해 라이브 드로잉 따라 배우며 창작을 더하기

무상

sapiens

누군가를 사랑한다는 건,
대상을 바라보는 것
꽃은 피기 위해 피어나
화양연화(花樣年華)의 시절을 보내고
어느 순간,
한 잎 한 잎
바람에 날려 사라진다
태어난 우리도
한 시절 보내고 꿈처럼 소멸된다
그대들이여,
무상(無常)을 보았는가?
무상을 피하지 말고 바라볼 수 있는가?

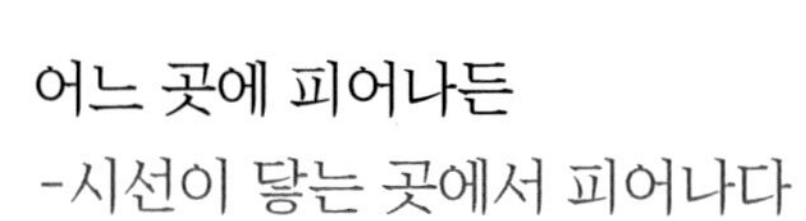

어느 곳에 피어나든

-시선이 닿는 곳에서 피어나다

#사진 속 들려주는 이야기를 글로 표현하기

어디 곳에 피어나든

sapiens

생명을 잉태한
어머니는
자신의 목숨을
담보로
탄생의 기쁨을
맛본다.
검은 대지 위에
피어나야 하는 민들레 씨앗이
숨구멍이 막혀있는 틈 속에
씨앗을 품었나 보다.
앙상한 가지에 비해
화사한 노란 꽃과 초록잎이
잔인하게
대비되는 이유는 뭘까?
탄생의 기쁨에 취해
자신의 메마른 모습을 보지 못하는
어머니의 마음을
알기 때문일까…
참,

많은 꽃들을 피우기도 하였다

차가운 벽 틈을

화사함으로 물들일 수 있는

너.

의.

사.

랑.

무심코 바라보다

스치는 누군가의 얼굴에

미소를 선사하는

너,

바라보는 그 누구도

너를

멸하지는 못할 거야

.

.

.

꽃잎들의 향연
-화양연화

사진 속 이야기를 글로 표현하기

꽃잎들의 향연

sapiens

꽃잎들의
향연이 열리는
그날 저녁,
그윽한 향을 담아
대접하는 밥상 아래에서
촉촉이
내리는 봄비 소리에
가던 길
멈추어 선다.
우러러 바라보는
그들의 화사한 자태는
불빛의 선명함과
그림자 그늘의 조화로움에
눈이 부시고
꽃잎들의 생기 넘치는
웅성거림은
빗소리를 잠재운다.
멈춰 서버린
우리는

꽃잎들의 운율에
마음을
빼앗겨 버렸다.
또다시 발길은
꽃잎들의 세상 속으로
들.
어.
간.
다.

봄 향기

-봄 향기에 취하다

#PENUP을 사용해 라이브 드로잉 따라 배우기

#PENUP을 사용해 라이브 드로잉 따라 배우기

볼 향기

sapiens

기온이
아직 설익은 날
눈을 감고
따스한 햇살을
만난다
보일 듯 말 듯
내리쬐는
봄볕,
어느새
다.
가.
와.
속삭인다
볕의 소리는
봄의 품 안에 머물다
향긋한
볼 향기에
취.
해.

본.
다.

너의 이름, 등불

-하얀 등불이 되어 피어나다

#PENUP을 사용해 라이브 드로잉 따라 배우기

너의 이름, 등불

sapiens

거친 바람을 타고
보랏빛으로 물든 세상에
다소곳이 내려앉은 너는
캄캄한 길 위에서도 새싹이 돋아나
반세상을 함께 한 어느 날,
어두운 세상 속
온통
하얀 등불이 되어
피.
어.
나.
는.
구.
나.

너와 내가 만나
-서로 다른 우리

#디지털 드로잉으로 창작 그리기

너와 내가 만나

sapiens

태양이
소리 없이 울부짖으며 포효하면
바다는
파동으로 흐느낌을 감지하곤
붉은 해를 향해 달려간다
서로 다른 그들은
강렬함과 냉혹함을 참아내며
서로를 끌어안는다
그렇게 그들은
새로운 세상을
만.
든.
다.

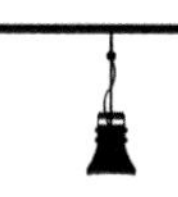

그리움
-핑크 뮬리

#색연필을 사용해 핑크 뮬리 속 이야기 표현하기

그리움

sapiens

문득문득 떠오르는 그대
곁에 있어도 더욱 보고픈 그대여
그대의 향기가 독해서
그림자 속에 잠식해 버리는 나
향기 속 이슬에 맺혀
눈물 송이가 피어나는 순간
지독한 형체를
어루만질수록
과거의 깊은 서랍 속에
갇.
혀.
버.
린.
다.

향기
-물들다

#오일파스텔과 색연필을 사용해 표현하기

향기

sapiens

스치듯
시야 속으로
들어와
코끝으로
스며들더니
온 세상이
너의 향기로
물.
들.
다.

보름달
-너의 소원

#색연필을 사용해 떠오르는 생각 그려보기

보름달

sapiens

한가위 보름달
사람들의 소원으로
가득 차 버린 너
너의 소원은
누가 들어줄까?

파도
-새로운 거리

#디지털 드로잉을 사용해 책 속 그림을 따라 그리기

파도

sapiens

파도 앞에 서서
달려오는 숨 가쁜
너를 바라본다
깊은 수심에서 포말을 형성해
거침없이 다가오는 너
거대한 힘을 가진 너는
내 발치 앞에선
부드러운 숨결이 된다
너는 나의 그림자를
지우고
또 지우고
다시 지운다
그렇게 지우고 떠나간 자리엔
너와 나의 거리만큼의 새로운 삶이 펼쳐진다.

억새
-세상 속으로

#디지털 드로잉으로 창작 그리기

억새

sapiens

한 계절 피어나
바람에 흩날리며
사라지는 운명을
타고난
그대
깊어지는
가을 어느 날
텅 빈 육체에 의지해
세상 속으로
소.
멸.
하.
는.
구.
나.

사랑이란…
-고통 속에 핀 사랑

#색연필을 사용해 책 속 그림을 따라 그리기

사랑이란

sapiens

사랑은 고통이다
고통 속에서도
사랑은
숨.
을.
쉰.
다.
숨 쉬는
마디마디에서
피어난
사랑의 향기는
차가운 바람에 실려
우리의 심장을 붉게 물들인다.

상처

-애끓는 그리움

#색연필을 사용해 그림을 보며 따라 그리기

상처

sapiens

지난밤, 꿈길 속으로 찾아온 그대
마음 깊숙이 걸어 들어와 더듬는다
그리움 잠시 머물고 간 자리 위에서
울부짖는 사자와 마주한 영혼이여
온몸이 검게 타버린 육체 위에
피어난 보랏빛 꽃 한 송이여
그대는 애끓는
그.
리.
움.
이.
어.
라.

그대와 나
-모월 어느 날의 만남을 기다리며

#PENUP을 사용해 창작 그리기

그대와 나

sapiens

어젯밤,

그리움이 넘쳐

밤.

새.

계단을 올랐습니다

화려한

옷을 입은 그대는

먹구름 낀 마음처럼

슬퍼 보였습니다

달.

려.

가.

품에 담아봅니다

차가운 심장이

서서히 따뜻해지며

서로의 온기를 전합니다

그.

대.

여.

이제 곧 만나는
모월의 어느 날을
숨 막히듯 기다리며
그리움의 향을 꽂아
마음속에 피워냅니다.

눈의 운명
-함박눈이 전해주는 이야기

#사진 속 이야기 표현하기

눈의 운명

sapiens

함박눈이 쏟아지는

새하얀 밤,

설렘의 함성소리로

피어나

감성 가득 쌓인 하얀 세상을

바.

라.

보.

다.

새벽녘,

짓눌린 자국들로

아.

픈.

세.

상.

상처를 띠고 있어

더욱

고운 눈이여

.

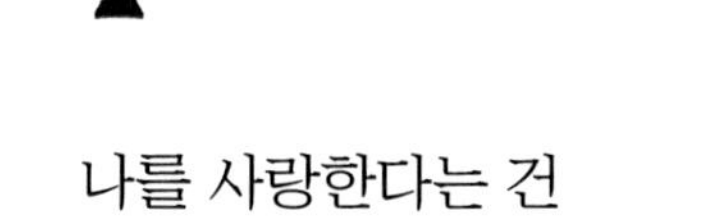

나를 사랑한다는 건
-나를 바라볼 수 있는 것

#PENUP을 사용해 라이브 드로잉 따라 그리며 창작을 더하기

사랑한다는 건

sapiens

나를 사랑한다는 건,
나를 바라보는 것
나를 바라보는 건,
무상을 직면하는 것
무상을 직면하는 건,
죽음을 마주할 수 있는 것
죽음을 두려워하지 마라
그리고
너무 슬퍼하지 마라
누가 먼저 지든
우리는
모두 지게 되어 있으니
꽃은 피기 위해 피어났고
사람은 태어나기 위해 태어났다
그 어떤 꽃도 지기 위해 피지 않았으며
그 어떤 사람도 죽기 위해 태어나지 않았다
그러니 누구에게나 주어진 시간 속에서
맘껏 사랑하며 살아가자.

#강신주 님의 강의를 듣고 글로 표현해보았습니다.
어린 시절 너무 일찍 무상을 보았음을 알게 된 나의 삶이
더욱 이해되는 강의였습니다.
항상 생각하고 느끼며 생활했던 내용들…,
공감을 일으켰습니다.

꿈길

-피고 지는 인생길

#디지털 드로잉으로 창작 그리기

꿈길

sapiens

꽃이 피고 지듯
자연스레 오고 가는 것이
참으로 닮았소
꽃이 피며 얽힌 수많은 인연들
그 인연의 업 속에서 생성된 과보로
허공에 흩어지며 사라지듯
삶이 피고 지듯
한 순간의
꿈.
길.
이.
오.

꽃, 마음에 피다
-살아있음을 느낀 찰나적 순간

#사진 속 이야기를 글로 표현하기 (사진출처:unsplash)

꽃, 마음에 피다

sapiens

두통이 사라진 밤,
살아있음을 느낀
찰나적 순간
두근거림이
온몸을 요동친다

순간,
메말라 갈라져 있던 마음 밭 위에
한 송이 꽃이 피어난다

숨 죽여
떨리는 두 손 모아
살며시 품어 보았다

그 꽃은
어디에서 피어나 나에게 온 것일까요?
살아온 대가로 님께서 주신 선물일까요?
아파온 대가로 바랄 볼 수 있게 된 것일까요?

내게 온 꽃을
떨리는 가슴으로
어루만져 봅니다.

마음이 사라진 너
-너만의 길

#PENUP을 사용해 라이브드로잉 따라그리기+창작더하기

마음이 사라진 너

sapiens

매일
누군가를 위해 걷는
너.
는.
쉬고 싶을 때 쉴 수 없는 존재
부딪혀 멍들어버린 너
밟히면서 쓰라린 너
더러워 버려지는 너
존중받지 못한 채 조종당하는 너
마음이 사라져 버린 채
주어진 업에 묵묵히 숨을 쉬는
너.
는.
내일도
너만의 길을 간다.